© 1993 Brompton Books

ÉDITION CANADIENNE:
ÉDITIONS PHIDAL INC.

Produit par BROMPTON BOOKS

Direction d'ouvrage: CND – Muriel Nathan-Deiller
Illustrations: Van Gool – Lefèvre – Loiseaux

Tous droits réservés

Imprimé à Hong Kong

VAN GOOL
L'île au trésor

D'APRÈS ROBERT LOUIS STEVENSON

Phidal

PREMIER CHAPITRE
LE VIEUX BOUCANIER

Mon père tenait une auberge près d'une crique
dont on disait qu'elle était un repaire de
contrebandiers. Un jour, arriva un grand gaillard
plus tout jeune, au visage balafré, avec un coffre
de marin qui ne le quittait jamais.
Il parut trouver l'endroit à son goût et s'installa.
Il passait ses journées à observer la mer du haut
d'une falaise en scrutant l'horizon avec sa longue-
vue. Il semblait craindre de rencontrer quelqu'un
car tous les jours, en revenant de sa promenade,
il nous demandait si quelque matelot était passé.
Ce n'était pas un invité de bonne compagnie.
Le Capitaine, comme nous l'appelions, s'enivrait
chaque soir et racontait d'horribles histoires
de pirates qui terrorisaient les clients.

Un matin de janvier, un inconnu de mauvaise
mine apparut au seuil de l'auberge et demanda :
– Mon copain Bill est-il là ?
Je lui dis que je ne connaissais personne
de ce nom et que notre seul pensionnaire était
quelqu'un que nous appelions le Capitaine.
– Ce doit être lui, répliqua l'homme. Il a bien
une balafre sur la joue ?
Quand je lui eus répondu oui, il s'installa à une table.
– Je vais l'attendre ici, il va être rudement content
de me voir, Bill !
Pourtant, lorsque le Capitaine rentra de sa
promenade, il ne parut pas du tout enchanté.
– Chien Noir ! s'écria-t-il. Que viens-tu faire ici ?
Les deux hommes s'enfermèrent.
Ils murmurèrent pendant quelques instants, puis
le ton monta. Je les entendis hurler et se battre.
Tout à coup, Chien Noir sortit en courant,
l'épaule en sang, poursuivi par le Capitaine qui,
bientôt, s'effondrait. Je le crus mort.

9

Le docteur Livesey, appelé en urgence, put ranimer le Capitaine et lui interdit tout alcool. Mais celui-ci n'écouta pas les conseils du docteur et, les jours suivants, continua à boire.

Un soir, il délira, parlant du vieux boucanier Flint, d'un secret, d'une tache noire, de son coffre et de son contenu... Je l'écoutais à peine car mon pauvre père, malade depuis longtemps, était mourant. Ce fut le lendemain de l'enterrement de mon père qu'apparut le mendiant aveugle, avec son bâton, son vieux manteau de marin en loques, son visage qui faisait peur, sa voix froide et cruelle. Lui aussi demanda "Bill". Quand le Capitaine arriva, il lui remit un bout de papier et disparut. Le papier était noirci d'un côté.

– La tache noire ! Je m'y attendais, murmura le Capitaine avec une expression d'effroi. Il parcourut le billet, devint violet, porta les mains à son cou et tomba, bel et bien mort cette fois. Je lus sur le billet : "Tu as jusqu'à dix heures ce soir."

Ma mère accourut. Le Capitaine nous devait beaucoup d'argent et nous étions bien pauvres. Les autres allaient revenir, comme ils l'avaient annoncé. Il nous fallait faire vite pour nous rembourser. Je pris en tremblant la clef accrochée au cou du Capitaine. J'ouvris le coffre, j'y trouvai un petit sac de pièces d'or et une enveloppe cachetée. Ma mère commença à compter la somme d'argent qui nous était due lorsqu'on entendit le bâton de l'aveugle sur le sol gelé, puis des pas nombreux. Je saisis l'enveloppe et sortis en courant avec ma mère. Nous eûmes juste le temps de nous cacher sous le pont près de l'auberge. Déjà, ils enfonçaient la porte...

Ils étaient sept ou huit. Nous pouvions les apercevoir grâce à leur lanterne. Ils ressortirent très vite de l'auberge et l'aveugle criait :

– Maudit gamin ! Il a pris les papiers de Flint ! Trouvez-le, il ne doit pas être bien loin !

Ma mère était à demi évanouie de terreur et, moi aussi, j'avais terriblement peur. Mais on entendit soudain un coup de sifflet et un galop de chevaux. Les hommes de la douane, sans doute à la recherche de contrebandiers, allaient nous sauver ! Cela déclencha la panique chez les bandits. Ils s'enfuirent tous, abandonnant l'aveugle. Dans la cohue, ce dernier fut piétiné sous les sabots d'un cheval...

Après avoir chaleureusement remercié les douaniers, je demandais à l'un d'eux de me conduire au plus vite chez le docteur Livesey.

Je trouvais le docteur Livesey chez monsieur Trelawney, le châtelain. Tous deux fumaient la pipe au coin d'un bon feu. Je leur fis le récit des événements et leur tendis l'enveloppe. Ils parurent fort émus, car ils avaient entendu parler du capitaine Flint, ce terrible pirate, mort sans qu'on ait pu retrouver son trésor. Ils décachetèrent l'enveloppe, qui contenait une carte tracée maladroitement. On y voyait une île, des repères, des croix et ces mots : "Le gros du trésor est ici." Sans hésiter, Trelawney déclara :

– Le trésor de Flint ! À nous d'aller le récupérer !

Il décida de se rendre à Bristol et d'y louer un bateau et un équipage. Livesey serait le médecin du bord et moi, Jim Hawkins, le mousse. J'étais fou de joie. Mon seul regret était de quitter ma mère. Mais quoi ! L'aventure était si tentante !

DEUXIÈME CHAPITRE
LE VOYAGE

Trelawney avait fait vite : deux semaines plus
tard, j'arrivais à Bristol avec le docteur Livesey.
Notre bateau était le long du quai. Il s'appelait
l'*Hispaniola*, et son capitaine Smollett. Pour
recruter une partie de l'équipage, Trelawney avait
choisi un étrange personnage nommé Long John
Silver : un marin unijambiste qui se déplaçait très
habilement sur sa jambe à l'aide d'une béquille.
Il tenait un cabaret sur le port et semblait
honnête homme.
Un jour, alors que les préparatifs du voyage
étaient presque terminés, le docteur m'envoya au
cabaret avec un message pour Long John Silver.
– Alors, c'est toi le mousse de l'*Hispaniola*, dit-il
en m'accueillant. Ravi de faire ta connaissance !
À ces mots, un des clients se leva brusquement de
table et se sauva en courant. Je le reconnus avec
stupeur… c'était Chien Noir !

– Non, je ne connais pas cet homme, dit Long
John Silver, comme je l'interrogeais, inquiet.
Silver raconta lui-même l'incident au docteur
et à Trelawney. Cela me rassura : je n'avais plus
aucun doute sur l'honnêteté de l'unijambiste.
L'embarquement eut lieu le jour même.
Le capitaine Smollett restait méfiant envers son
équipage. Il fit porter la poudre et les armes
à l'arrière, près des cabines du docteur et de
Trelawney. Ces cabines devenaient ainsi un
véritable fortin au cas où l'équipage se mutinerait.
– Je n'ai pas recruté ces marins moi-même, disait-il
à Trelawney. Et vous avez trop parlé du trésor. Ils
n'ont que ces mots à la bouche : le trésor de Flint !
Trelawney protestait en vain ! Nous savions tous
que notre châtelain était un incorrigible bavard.

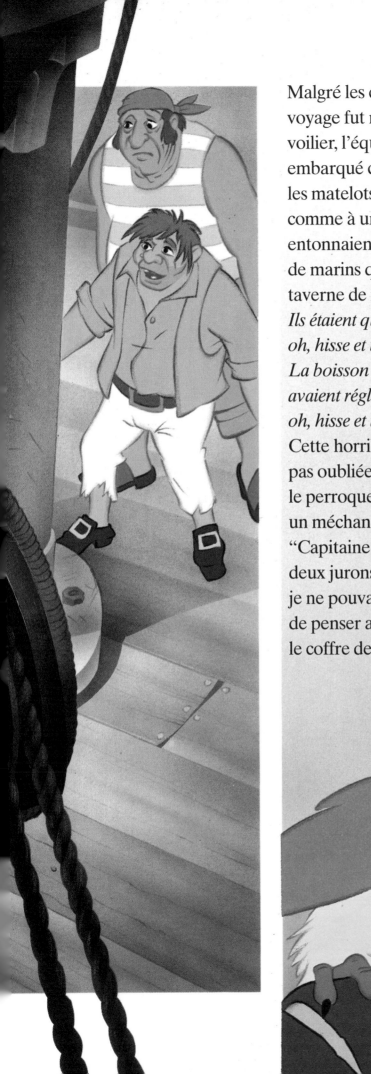

Malgré les craintes de Smollett, le début du voyage fut normal. L'*Hispaniola* était un bon voilier, l'équipage travaillait bien. Silver avait été embarqué comme simple cuisinier, pourtant les matelots qu'il avait recrutés lui obéissaient comme à un chef. Je remarquai bientôt qu'ils entonnaient souvent, tous ensemble, une chanson de marins que le capitaine Bill chantait à la taverne de mon père quand il avait bu :

Ils étaient quinze sur le coffre du mort,
oh, hisse et une bouteille de rhum
La boisson et le diable
avaient réglé leur compte aux autres
oh, hisse et une bouteille de rhum…

Cette horrible chanson, je ne l'avais pas oubliée. Et quand le perroquet de Silver, un méchant oiseau baptisé "Capitaine Flint", criait entre deux jurons : "Pièces de huit !", je ne pouvais m'empêcher de penser aux pièces d'or dans le coffre de marin du capitaine Bill…

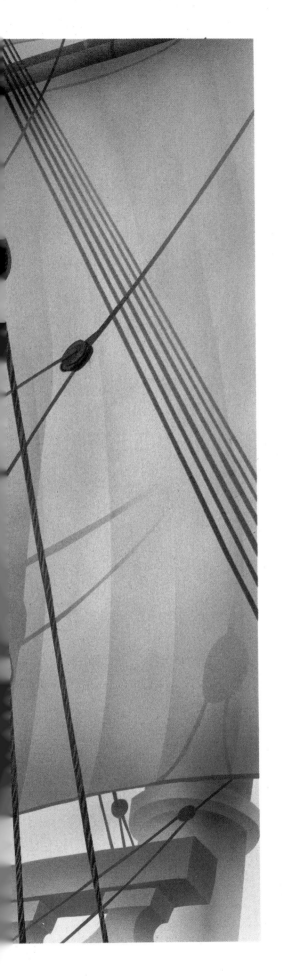

Nous approchions de l'île au trésor quand, un soir, j'eus envie de croquer une pomme. Il y en avait un tonneau sur le pont, mais il se trouvait presque vide. Je dus y entrer tout entier pour aller me servir. De dehors j'étais invisible. Avant que j'en ressorte, quelqu'un vint s'y appuyer et j'entendis Silver discuter avec un marin.

– J'ai avec moi presque tout l'équipage. Et voilà mon plan : laisser Smollett et Trelawney découvrir le trésor, puisqu'ils ont la carte qui en indique l'emplacement. Ils le ramènent à bord. Alors, nous les tuons, nous nous emparons du bateau – nous sommes les plus nombreux – et, à nous le trésor ! À toi aussi, bien sûr !

Le marin semblait hésiter et, moi, je me recroquevillai de peur dans mon tonneau. Enfin, ils s'en allèrent et je pus sortir de ma cachette. Au même moment, l'homme de vigie cria : "Terre !" Nous étions en vue de l'île au trésor.

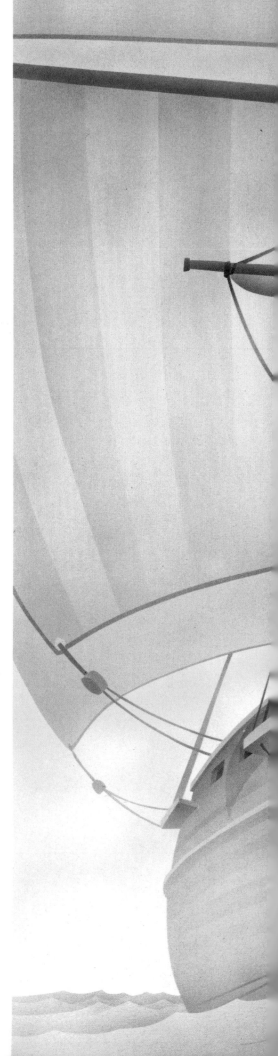

Le bateau mouilla dans une petite anse, au sud
de l'île, à quelque distance du rivage. À la fin
des manœuvres, je courus avertir le docteur que
j'avais quelque chose de très important à lui dire.
Il me regarda, surpris, et me demanda de le
rejoindre dans sa cabine. Là, en présence de
Trelawney et du capitaine Smollet, je leur parlai
du complot que j'avais surpris.

– Vous aviez raison, Smollet, dit le châtelain,
j'aurai dû être plus méfiant.

Ils tinrent alors un vrai conseil de guerre.

– Ils ne se mutineront pas avant que nous ayons
trouvé le trésor, dit Smollett. C'est déjà ça !

– Si, du moins, Silver réussit à les tenir pour faire
exécuter son plan, objecta le docteur. Ils m'ont
paru bien excités à la vue de l'île !

– Courons le risque, dit Trelawney. Ne faisons
rien qui puisse éveiller leur méfiance.

Le lendemain, une partie de l'équipage, Silver en
tête, se rendait à terre dans deux canots. Les autres
étaient restés à bord avec Smollett, Trelawney
et le docteur. Moi, j'aurais dû rester aussi mais
j'étais si impatient de me rendre sur l'île que je
désobéis ! Je me glissai en cachette dans un canot
et je réussis à débarquer sur l'île sans être vu.

TROISIÈME CHAPITRE

L'HOMME DE L'ÎLE

Je commençai à explorer l'île. Elle était grande et semblait inhabitée, sinon d'oiseaux et de serpents. Je me croyais loin de Silver et de son groupe de matelots quand je les aperçus derrière des fourrés qui me dissimulaient. Ils entouraient l'un d'entre eux, qui refusait de se mutiner. Bientôt, Silver tirait son couteau et tuait sans hésiter l'honnête garçon. Les scélérats applaudirent ! Je compris alors qu'ils avaient obligé Silver à modifier son plan, comme le docteur l'avait craint. Ils se mutinaient plus tôt que prévu. Je devais à tout prix retourner à bord de l'*Hispaniola*, rejoindre Smollett, Trelawney et le docteur. Mais les canots étaient entre les mains de Silver et de sa bande de mutins ! Je m'éloignai en hâte pour ne pas risquer d'être vu, courant droit devant moi sans trop savoir où j'allais, tant j'avais peur.

Je courus longtemps. J'étais arrivé au pied d'une colline lorsque surgit devant moi un homme en haillons, le visage brûlé par le soleil. Je reculai, effrayé de son aspect. Mais il se jeta à mes pieds :

– N'aie pas peur ! Je suis Ben Gunn. Mes compagnons m'ont abandonné seul sur cette île, les misérables ! Voilà trois ans ! Sauve-moi et je te ferai riche, très riche !

Je pensai que la solitude l'avait rendu fou. Je lui parlai pourtant de notre bateau et de la mutinerie fomentée par Long John Silver.

– Silver ! Je le connais ! s'écria-t-il. C'était le quartier-maître de Flint ! Ne lui dis pas que je suis là ! Surtout ne le lui dis pas !

Il tremblait de peur. Je le rassurai comme je pus. Mais il voulait aller à bord, rencontrer Trelawney, qu'il appelait "ton châtelain".

– J'ai construit pour moi un petit canot que j'ai caché. Je vais te le montrer. Avec lui, nous gagnerons l'*Hispaniola*.

C'était une chance inespérée de retourner sur le bateau. Je suivis Ben Gunn.

Nous approchions de l'endroit où Ben Gunn avait remisé son canot lorsqu'un coup de canon retentit. Je m'arrêtai, stupéfait. Le canon de l'*Hispaniola* tirait sur l'île ? Mais pourquoi ? Que s'était-il passé à bord ? On entendait aussi des salves de mousquet. Au détour d'un sentier, je vis notre drapeau, l'Union Jack, flotter dans le ciel, au-dessus d'un bosquet ! Je ne comprenais plus rien ! Ben Gunn remarqua : – Silver, lui, aurait hissé le pavillon noir. Sûr, ce sont tes amis qui sont là, dans le fortin que le vieux Flint avait construit quand il est venu enterrer son trésor !
Un retranchement solide avec sa source d'eau et sa palissade ; il pensait à tout, le vieux pirate !
Il avait amené six hommes avec lui pour l'aider et il les a tués pour qu'ils ne parlent pas !
Un nouveau coup de canon fit trembler l'air.
– Si ton châtelain veut me voir, il me trouvera près de la colline, cria Ben Gunn en s'enfuyant.
Je me dirigeai vers le fortin, pas trop rassuré. J'en escaladai bientôt la palissade et je tombai... dans les bras du docteur !

À l'intérieur du fortin, je trouvai Smollett, Trelawney, le charpentier Grey et deux matelots restés fidèles. Le docteur me raconta ce qui s'était passé sur l'*Hispaniola* depuis mon départ.

– Comme toi, me dit-il, j'ai eu envie d'aller faire un tour sur l'île. Je suis tombé par hasard sur le fortin, j'ai constaté qu'il était en bon état et qu'il pourrait éventuellement nous servir. Mais à peine étais-je rentré à bord que la mutinerie éclatait. Il nous était impossible de résister, nous étions trop peu nombreux. Pendant que Smollett et Trelawney tenaient les mutins sous la menace de leurs pistolets, j'ai chargé en hâte un canot de vivres et de munitions. Nous avons sauté dedans, atteint l'île et nous nous sommes réfugiés dans le fortin. Mais le canon est resté aux mains des mutins. Ils tirent sur nous, de trop loin heureusement ! Restent Silver et sa bande qui sont encore sur l'île. Ils ne vont pas tarder à nous attaquer !

QUATRIÈME CHAPITRE

LE FORTIN

Notre situation n'était pas brillante. Le fortin
était solide, la palissade haute, et difficile à
escalader. Certes, mais combien de temps
résisterions-nous à une attaque des mutins ? Et le
bateau était entre leurs mains !

Pour faire diversion, je racontai à mon tour ma
journée. Ben Gunn parut intéresser spécialement
le docteur. La nuit passa. Au lever du jour, Silver
apparut, brandissant un chiffon blanc.

Il venait nous proposer un marché : il nous
aiderait à quitter l'île, sains et saufs, à condition
que nous lui donnions la carte indiquant
l'emplacement du trésor.

– Déguerpissez ! ordonna Smollett.

Silver proféra d'affreux jurons et partit en criant :

– D'ici une heure, j'aurai défoncé votre fortin
aussi facilement qu'un tonneau de rhum !

Un peu plus tard, nous entendîmes des cris et nous vîmes une horde de pirates sortir des bois et foncer droit sur le fortin. L'attaque commença par une salve nourrie des quatre côtés de la palissade. Puis, agiles comme des singes, les mutins l'escaladèrent et tentèrent de pénétrer dans le fortin. Nous nous défendions au corps à corps, au couteau.

– Dehors, garçons, dehors, combattons en plein air, ordonna le capitaine, dominant le tumulte.

À la suite de notre sortie, qui avait étonné les pirates, le combat prit fin. Nous avions la victoire. Il n'y eut pas de nouvelle attaque. Vers midi, le docteur fourra la carte dans sa poche, prit ses pistolets et sortit. C'était de la folie. Où allait-il ? Retrouver Ben Gunn peut-être ? Je décidai de faire comme lui. Je pris en cachette une paire de pistolets et quittai à mon tour le fortin. J'avais mon idée ! Je voulais retrouver le canot de Ben Gunn, et après…

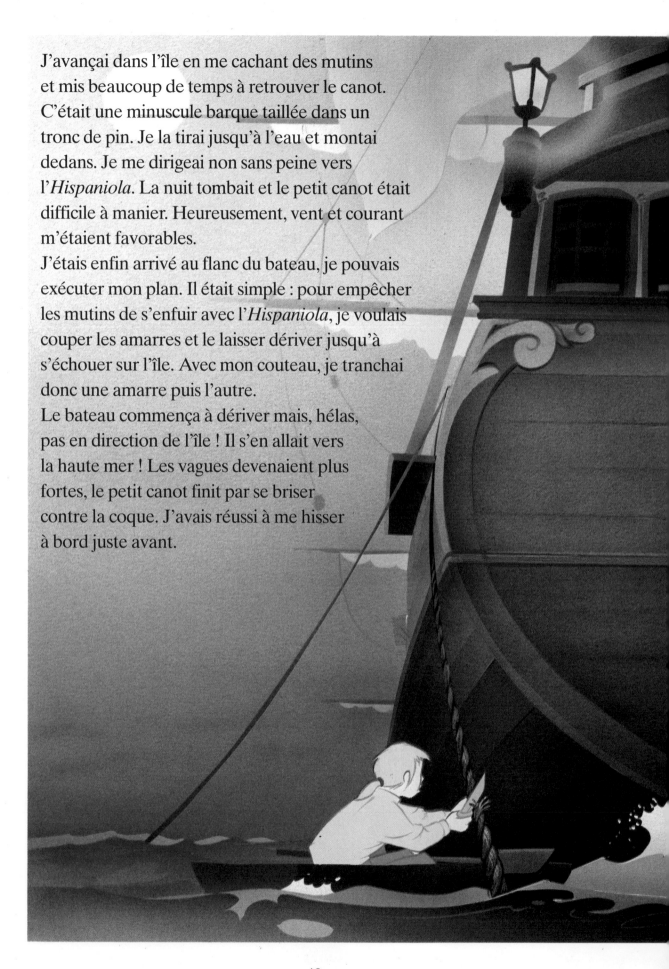

J'avançai dans l'île en me cachant des mutins
et mis beaucoup de temps à retrouver le canot.
C'était une minuscule barque taillée dans un
tronc de pin. Je la tirai jusqu'à l'eau et montai
dedans. Je me dirigeai non sans peine vers
l'*Hispaniola*. La nuit tombait et le petit canot était
difficile à manier. Heureusement, vent et courant
m'étaient favorables.
J'étais enfin arrivé au flanc du bateau, je pouvais
exécuter mon plan. Il était simple : pour empêcher
les mutins de s'enfuir avec l'*Hispaniola*, je voulais
couper les amarres et le laisser dériver jusqu'à
s'échouer sur l'île. Avec mon couteau, je tranchai
donc une amarre puis l'autre.
Le bateau commença à dériver mais, hélas,
pas en direction de l'île ! Il s'en allait vers
la haute mer ! Les vagues devenaient plus
fortes, le petit canot finit par se briser
contre la coque. J'avais réussi à me hisser
à bord juste avant.

CINQUIÈME CHAPITRE
"PIÈCES DE HUIT"

Ce que je vis sur le pont m'effraya : le bateau était saccagé, les provisions de vin disparues ! Les deux matelots de garde étaient étendus sur le sol. Je crus qu'ils étaient ivres et m'approchai. En fait, ils s'étaient battus et l'un des deux était mort ! L'autre – qui me dit s'appeler Israël Hands – gisait à terre, une blessure grave à la cuisse. Je lui fis boire un peu d'eau-de-vie. Il reprit quelques forces. Je lui expliquai que je voulais conduire le bateau dans la baie du nord de l'île pour l'y échouer. Il m'écouta puis réfléchit.
– Sans moi, dit-il enfin, tu t'en sortiras pas pour la manœuvre ! Alors, je t'indique quoi faire et, en échange, tu me soignes et tu me donnes à manger. Je peux plus marcher, ajouta-t-il.
Ce qui semblait vrai. J'acceptai sa proposition.

Avec l'aide de Hands, je pensais pouvoir réaliser mon plan. Même si Hands me regardait souvent avec un étrange sourire qui ne me plaisait pas. Je n'avais d'ailleurs aucune autre solution que de lui faire confiance, je ne pouvais pas manœuvrer seul. Il se révéla être un bon pilote. Guidé par lui, je réussis à amener l'*Hispaniola* dans la baie du nord de l'île. La dernière manœuvre restait à faire, celle de l'échouage du bateau. C'était difficile. Je tenais la barre, absorbé par mon travail, lorsque je sentis quelqu'un derrière moi. Je me retournai : Hands était debout, un poignard à la main !

Je lâchai la barre. Elle vint frapper Hands en pleine poitrine et arrêta son geste. Je bondis au pied du grand mât, sortis mon pistolet, tirai. Le coup ne partit pas : l'eau de mer avait rendu l'amorce inutilisable. Malgré sa blessure à la cuisse, Hands marchai vers moi rapidement. C'est alors que le bateau toucha le fond et se coucha. Le pont s'inclina, nous faisant rouler l'un sur l'autre. Je me relevai le premier, grimpai dans les haubans, réamorçai en hâte mes pistolets. Mais Hands avait lancé son poignard qui me frappa à l'épaule, me clouant au mât. La douleur fut si forte que je laissai tomber mes pistolets. Les balles partirent, touchèrent Hands qui tomba à l'eau et coula.

Je parvins à arracher le poignard et à soigner ma blessure. Pour sauver le bateau, je baissai les voiles, glissai le long de la coque et atteignis le rivage. Puis, je me dirigeai vers le fortin. Un énorme feu brûlait juste à côté. C'était étrange, mais tout semblait paisible. J'entendais même des ronflements ! Je trouvais mes amis bien insouciants de dormir ainsi, sans monter aucune garde ! J'entrai et, dans la pénombre, je heurtai un objet, qui roula. Au même instant une voix criarde retentit : "Pièces de huit, pièces de huit !" Le perroquet de Silver ! Le fortin était aux mains des mutins ! Je voulus fuir. Trop tard ! J'étais prisonnier de Silver et de sa bande de scélérats...

SIXIÈME CHAPITRE

LA CHASSE AU TRÉSOR

Silver fit allumer une torche :

– Te voilà, Jim ! Tes amis te croyaient perdu !
Ils étaient donc en vie ! Je fus soulagé. Mais
pourquoi avaient-ils abandonné le fortin aux
mutins ? Silver me l'expliqua en ricanant :

– Le bateau a disparu du mouillage, on peut
plus quitter l'île. Alors on a conclu un marché,
le docteur et moi. Il nous a laissé le fortin avec
les provisions à condition qu'on les laisse en paix,
Trelawney, Smollett et lui. On sait même pas où
ils sont passés ! Le docteur va venir soigner l'un
de nous qui est blessé. Je t'empêcherai pas de lui
causer. Mais tu vas me donner ta parole que tu te
sauveras pas !

Je la lui donnai. Alors, il tira de sa poche la carte
de l'île, avec les trois croix à l'encre rouge
marquant l'emplacement du trésor. En voyant
mon étonnement, Silver m'expliqua :

– Le docteur me l'a laissée. Ça faisait partie
du marché.

Le docteur vint comme promis. Il fut heureux
de me voir vivant mais furieux de mon escapade.
Comme nous parlions seul à seul, je lui racontai
mon aventure avec l'*Hispaniola*. Il fut enchanté
de savoir que j'avais mis le bateau à l'abri des
mutins et me supplia de le suivre.
Mais j'avais donné ma parole à Silver. Je restai.
Le docteur repartit. Silver, me tenant prisonnier
par un filin, m'emmena avec ses hommes à la
recherche du trésor. Il se repérait sur la carte.
Tous étaient très excités. Brusquement les rires
se figèrent : un squelette posé au pied d'un arbre
semblait indiquer avec les os de son bras la
direction du trésor ! Nous étions glacés d'effroi.
Soudain une voix au loin se mit à chanter la
chanson de Flint "Ils étaient quinze sur le coffre
du mort"…
– C'est le fantôme du vieux ! N'allons pas plus
loin ! cria l'un des pirates.
Personne ne voulait avancer. Le chant continuait.
– Allons, s'écria Silver. Le trésor n'est pas loin !
Il finit par les persuader de continuer.

Nous repartîmes, mais les pirates n'avaient plus autant d'entrain : la vue du squelette et le chant mystérieux les avaient rendus maussades et de mauvaise humeur.

Mais quand nous parvînmes à l'emplacement du trésor indiqué par la carte, il n'y avait plus qu'un trou vide : pièces d'or et lingots avaient disparu ! La déception des hommes se changea en fureur contre Silver, et contre moi qui n'y étais pour rien. Ils marchèrent sur nous en brandissant leurs couteaux. Silver, changeant brusquement de camp, me tendit un pistolet et tira sur eux. D'autres coups de feu éclatèrent : le docteur et Ben Gunn accouraient. Les mutins s'enfuirent. Silver, seul, resta et nous suivit. Il venait de me sauver la vie.

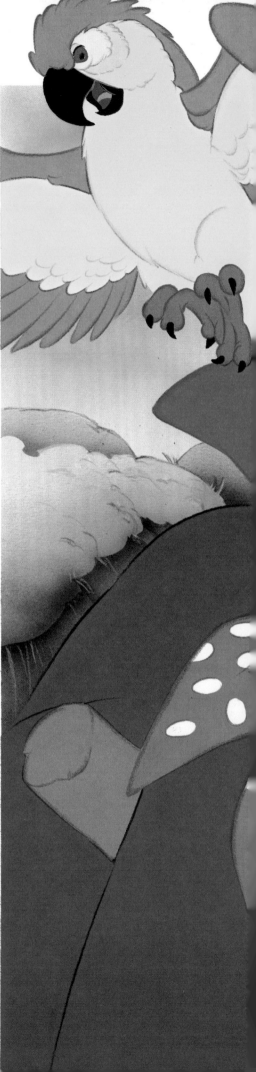

Pour l'en remercier, le docteur le protégea de la colère de Trelawney et de Smollett, quand nous les retrouvâmes. Ils étaient installés dans la caverne de Ben Gunn près de grands tas de pièces d'or et de lingots. Le trésor de Flint ! Ben Gunn l'avait trouvé par hasard pendant ces trois années passées seul sur l'île. Le docteur s'en était douté et avait réussi à le lui faire avouer. D'où le traité inexplicable conclu avec Silver, et le don de cette carte devenue inutile ! La voix qui nous avait tant effrayés était simplement celle... de Ben Gunn !

Il nous fallut plusieurs jours pour transporter le trésor de Flint sur l'*Hispaniola* renfloué. Nous étions si peu d'hommes pour porter une telle masse d'or ! Puis nous partîmes, abandonnant sur l'île les mutins, mais emmenant avec nous Ben Gunn, ainsi que Silver.

Pendant le voyage du retour, chacun dut travailler dur, car nous étions bien peu pour manœuvrer un si gros bateau. C'est pourquoi le docteur avait décidé de laisser Silver en liberté ; il pouvait ainsi continuer à nous rendre service en faisant la cuisine. Finalement, au cours d'une escale, Silver s'enfuit, emportant avec lui un sac d'or qu'il avait réussi à dérober dans le trésor. Nous ne devions plus jamais entendre parler de lui.

De retour en Angleterre, nous avons partagé
entre nous le trésor de Flint. Chacun fit de sa part
ce qu'il voulut. J'étais riche, désormais. Le
capitaine Smollet cessa de naviguer, et Ben Gunn,
lui, dépensa sa fortune en quelques semaines !
Le temps a passé depuis cette histoire. Je n'ai
jamais oublié la taverne de mon père ni ce vieux
boucanier de capitaine Bill, avec son coffre
de marin. Mais, pour rien au monde,
je ne retournerais sur l'île au trésor...